누구나 누구가 그립다

누구나 누구가 그립다

2쇄 발행 ㅣ 2017년 9월 1일

지은이 ㅣ 문무학
펴낸이 ㅣ 신중현
펴낸곳 ㅣ 도서출판 학이사

　　　　출판등록 : 제25100-2005-28호

　　　　주소 : 대구광역시 달서구 문화회관11안길 22-1(장동)

　　　　전화 : (053) 554~3431,3432

　　　　팩스 : (053) 554~3433

　　　　홈페이지 : http : // www.학이사.kr

　　　　이메일:hes3431@naver.com

ISBN _ 979-11-5854-088-3 03810

누구나 누구가 그립다

문무학 시집

學而思 | 학이시

오늘을 산다는 건
내일의
그리움을 만드는 일

내일, 나는
그 어떤 일이 아니라
그 누구를
그리워하고 싶다

2017. 7.
문무학

차례

1. 낱말을 맛보다

2. 예술을 읽다

3. 그리움을 던지다

4. 자연을 듣다

5. 삶을 만지다

1

낱말을 맛보다

끝과 통

'끝' 자를 읽으면 앞이 꽉 막혀도
'통' 자를 읽으면 앞이 훤히 열린다

세상이
밝아지려면
통하고 통해야 한다.

앎

'앎' 자는 '알아감'을 줄인 말 아닐까

사는 일 그것이 곧
알아가는 일일 텐데

살 만큼
산 듯도 한데
왜 이리도
어둡냐.

잠

'잠' 자는 참 살뜰히 보살펴 주는 글자
오늘도 그 얼마나 고생이 많았냐며

자라고
편히 자라고
베개 하나 받쳐준다.

꼭

약속이다
다짐이다
지키고 이루어야 할

감거나 다물거나
야무지게 힘주라고

'꼭' 자는
갈고리 두 개
옥죄어서
하나다.

근根

한글 '근' 자는 줏대 있는 글자다
바로 봐도 거꾸로 봐도
꿋꿋하게 '근' 자다

뿌리가
될 수 있는 건
흔들리지 않는 거다.

짝맞추기

'인연' 이란 한글의 앞뒤를 바꾸면

'연인' 된다. 죽고 못 사는

'연인' 이 된다

'연인' 은

'인연' 이 있어야

'연인' 되기 때문이다.

안경

'안경' 이란 글자 속엔 눈〔眼〕이 둘 들어있다

턱 괴고 조느라 눈동자가 흐릿한

안경 낀
시인의 얼굴
비스듬히 편하다.

살아감과 사라짐

'살아가다' 는 때때로
'살아지다' 가 되고

'살아지다' 를 읽으면
'사라지다' 로 발음되는데

사는 것
사라지는 것
그게 같은 것인가

내가 보낸 오늘은
산 것인가 사라진 것인가

산 것은 희미하고
사라진 건 뚜렷하니

산다고
발버둥 쳤어도
사라지고 말았네.

느긋과 지긋

지긋해야 느긋해지나 느긋해야 지긋해지나

느긋도 지긋도
왜 그리 높고 먼고

높아서
닿을 수 없고,
멀어 갈 수
없어라.

'읽다' 를 읽다

'읽다' 는 아무래도 일과 관련 된다

읽을거리 만드는 것도
읽는 것 그 자체도

일이다
어두운 세상
훤하게 길을 내는

'읽' 자 다음에 닿소리가 따라오면

'읽' 은 '익' 으로
발음되며 가르친다

사람도
읽고, 읽고, 읽어야
익어갈 수 있다고

삐뚜름히

 삐뚜름한 것들은 어쩜 삐뚜름한 게 아닐 게다
하늘이 놓아준 대로 그냥 있는 것들인데
내 눈이 삐뚜름하게 읽고 있을 따름이다

삐뚜름해서 불편한 건 삐뚜름한 그게 아니고
삐뚜름히 읽는 나다, 요량 없는 내 눈이다
내 고개 삐뚜름히 하면 바로 뵈지 않는가

바로만 가려고 발버둥 쳐댔지만
그럴수록 더욱더 삐뚜름해진 발자국
차라리 바른 길 버리면 바로 설 수 있으려나.

하지만

결의의 단단함이 '하지만' 엔 들어있다
서로 다른 문장 사이 비집고 들어서서
기어이 손잡게 한다
고집이든 변명이든

사는 일엔 '하지만' 이 숱하게 자리 잡아
제 살기 좋을 만큼 비스듬히 서는데
'하지만'
그 말 있어서
숨통 더러 트인다.

절대로

걸핏하면 '절대로', '절대로' 말해 왔지만
아니네, 그 아니네, 쉬 뱉을 말 아니네
신神이나 할 수 있는 말 내 함부로 뇌까렸네
절대로 아니라고 우겼던 말에서부터
절대로 않으리라고 이 깨문 다짐까지
버리고 버린 것들을 어찌 다 셀 수 있으리
사는 일이 그렇다고 그러는 게 삶이라고
편한 대로 얼버무린 그 죄가 얼마일진대
그래도 또 망설임 없이 '절대로'를 작정타니…

이별

서로의 가슴속에다

다른 별을 띄우는 것

별것

사는 게 뭐 별거냐고
버릇처럼 되뇌이다가
'별것' 찝쩍대고 한참을 만져보니
험세상
살아있는 건
별것인 게 분명해

어제도 별일 없었고
오늘도 별일 없으면
내일 무슨 별일이 있을 리 만무하니
별일이
없는 그것을
별일이라 해두자

별것과 별일도
어찌 자주 만나련만
이저것, 이저일이 삶이 되는 것이라면
그 별것
그 별일들이
별이 될 수 있겠다.

이드거니

'이드거니'를 몰랐다
내 오늘 첨 만났다

진즉에 알았다면
내 삶이 달라졌을까

오래고
또 넉넉하게
그리 좋게
그렇게

언제라도 이드거닌
빛이겠다
꿈이겠다

세상을 느긋하게 바라보고 있으면

부족한 무엇이 있고
바쁠 일 또 있으랴.

2

예술을 읽다

헤세의 타자기

- '헤르만 헤세' 대구 전에서

주문 제작된 미국산 프리미어 넘버 4
성성한 치아들이 알파벳을 물고 있다
그렇다
검은 해골이다
헤세의 것이다

뭉툭한 뼈에서 새가 날아 나왔다
태어나기 위해서 알을 깨고 나온 새*가
자판을 콕, 콕, 쪼면서 유리알 유희*를 한다

하늘로 날아오르고 강바닥에 내려앉던
헤세의 새들이 쪼아낸 언어들은
지쳐서 쓰러진 이의 지팡이가 되었다

제 가진 것 다 내주고 밀려나 있다 해도
지난봄 피었다 진 자목련 잔해처럼
초라함 외려 눈 부서 절을 하고 싶었다.

　　* 헤세 〈데미안〉에서 패러디 소설 제목

시와 시인

시는 애당초 밥 되는 게 아니었어
시는 애시당초 힘 되는 것도 아니었어
한없이
가벼워지는 세상
추
하
나
다는 거였어

시인이 되어서도 굶어죽지 아니하고
개뿔 닮은 자존심 하난 빳빳이 쳐들고 사니
그래도
그게 어디냐
이 뭣 같은
세상에.

시와 사람

시 만나러 갔다가
시 근처도 못가고
시 만나러 온 사람
시처럼 만났는데, 사람을 만나는 일이
시 보다 더
시 같아라.

통탄痛嘆

참 늦게 깨달았다
말과 글이 다른 것을

너무 늦게 깨달았다
시와 시조 다른 것을

시조는
말로써 쓰고
시는
글로 쓴다는 걸

길과 글 그리고 줄

'책 속에 길이 있다' 고 그만 작작 웃겨라
책 속엔 길이 아니라 글이 있을 뿐이야
길과 글 글자는 닮았어도 그건 서로 다른 거야
젠장, 그럼 글 속에 길이 있느냐고
글 속엔 글자가 있고, 그게 줄로 서 있어
길과 줄 비슷하잖아 책보다는 가깝잖아
그래 줄은 길이고 길은 또 줄이었어
놓치면 멀어지고 잡으면 든든했던
책 속에 있다는 길이 잡아야 할 줄이야.

어둠이 아닌 어둠

- 이인성 '겨울 어느 날' 수채화 1930

저녁놀에 휩싸인 교회당 첨탑 두엇
아득히 먼 데 구름을 뚫고 서서
하늘의 말씀을 당겨 이 땅에다 쏟는다

곧 내릴 어둠은 그래서 어둠 아닐 터
별 하나 또 하나 은하 곁에 나설 때 쯤
어머니 목소리같이 가만가만 종이 운다.

기적
- 김영갑, 『그 섬에 내가 있었네』에 부쳐

아무것도 가진 것 없고

병만 갖고 있어도

사람은 살 수 있다

아름답게 살 수 있다

그 섬의

온갖 아픔을

사진으로 새기며…

배경을 생각하다

- 20151113 비

"가을비 오는 날은 어떤 음악 좋아요?"
"비발디 4계 중 겨울이 괜찮은데"

어! 벌써
가을 버리고
겨울맞이 하란 말가

사계 중, 겨울의
2악장서 무한 반복
패시지로 넘어와서 활을 버린 피치카토

오로지
독주를 위해
활을 모두 버리네

그 누구, 그 누구를 돋보이게 하기 위해
그를 위해 배경이 되어주는 그런 삶
2악장 끝쯤에 들리는

어머니의 목소리.

Passage : 독주 기악곡에서, 곡의 중요한 부분을 연결해주는 악구(樂句).

Pizzcato : 현을 손가락으로 뜯어 음을 내는 연주법.

몰다우를 들으며

눈발 설핏 치는 밤에 몰다우를 듣는다
피치카토 배음으로 플루트가 낮게 울듯
먼 계곡 흐르던 물줄기 너른 강에 섞인다

나뭇잎에 튕기는 햇살처럼 그렇게
바이올린 가락 속을 뛰어드는 목관 선율
한바탕 춤이 되어서 소용돌이 치고 있다

밤이 깊어지듯 물소리도 낮아지며
섞여서 흐르고 흘러가며 또 섞여서
흐르던 강물은 끝내 노래가 되고 만다

섞여서 울지 못하는 모가 난 내 시간은
세상 강을 겉돌며 녹아들지 못하는데
강물의 눈발은 이내 몸을 풀어 강이 된다.

협주
- '차이코프스키 바이올린 협주곡' 에 부처

차이코프스키 바이올린 협주곡을 읽는다
결혼 실패로 우울증에 빠졌다는
초연이 거부당하도록 어렵게 쓰였다는
화려한 멜로디는 애절함으로 흘러 흘러
떨리는 현은 자꾸 눈물을 섞는다
결혼이 진저리나는 음악이란 말인가
하나가 아닌 둘이 둘 아닌 하나 되기는
바이올린 협주보다 훨씬 더 어려운 것
결혼은 생활의 연주 악보 없는 오선지
어렵고 화려하고 애절한 그 멜로디
따라가면 가라앉다가 흔들리고 넘어진다
성공도 실패도 아닌 그런 결혼 견디며

오페라, 시로 읽다 · 1

- Fuchini 'Trandot'

1

'환상' 의 다른 이름이 무엇인지 아느냐고?
사랑을 얻으려면 풀어야 할 수수께끼

칼라프
'희망' 이라 풀고
사랑에 다가선다

2

차가워지기도 하고 타오르기도 하는 붉은 그 무엇
사랑에 형태가 있다면 아마도 이 같을 것

'피'
라고 소리 지르며
또 한 발자국 다가서고

3

아무리 어려워도 수수께끼는 풀리는 법
설마 네가 그걸, 그 표독한 오만을

기어이 넘고 넘어서
투란도트
너라고,

  4
사랑은 꿈이고 권력은 현실이라
약속을 저버리는 얼음공주 투란도트

질문을 되돌려 받고
사랑 앞에
무릎 꿇는

오페라, 시로 읽다 · 2

- P. Mascagni ‘Cavalleria Rusticana’

짧고 단호하다. 베리스모 오페라 *
‘오렌지 향기는 바람에 날리’ 어도
질투는
질투로서만 다스릴 병이었다

사랑이 없는 삶은 하루도 길지만
사랑에 빠진 삶은 피에 너무 가깝다
사랑이
사랑으로만 끝나지 않음으로…

슬픔도 음악으로 받들어 올리면
슬퍼서 아름다운 노래가 되나니
슬픔이
슬픔으로만 읽혀질 수 없어라.

* Verismo : 사실주의(현실주의)

오페라, 시로 읽다 · 3

- R. Leoncavallo 'Pagliacci'

시 쓰기를 시작합니다

큰 기대는 마십시오
사랑을 얻거나 세상 구하지도 못할
그렇고, 그런 시만 써서 정말 미안합니다

사랑이 저지르는 많고 많은 죄 중에서
배신 만큼 추한 게 또 어디 있을까요
그 추함 피로 씻으며

시 쓰기를 끝냅니다.

오페라, 시로 읽다 · 4

- Gaetano Donizetti, 'L' eliser d' amore'

　1

장미에서 백합으로 옮겨 부는 산들바람
사랑의 묘약은 오직 사랑으로 빚는 것

진실이
주는 감동뿐

아디나의
묘약은,

　2

사랑이 흐르는 강 물결이 흉흉淘淘해도
남몰래 흘리는 눈물의 기쁨이여!

뜨거운
순수와 용기

네모리나
묘약은,

명창

높은 산을 넘어오는 바람소리 같았어라
계곡 흘러내리는 그 물소리 같았어라
가슴을 가로지르는 소리 없는 소리였어라

그 무엇이 내 안을 이리 환히 밝히리
중모리 중중모리 자진모리 건너서
휘모리 그쯤에 가면 내가 나를 잊었어라.

북소리

북소리는 언제나 둥, 둥 운다 믿었다
다른 소리 있으리라 의심하지 않았다
그런데 그 아니더라, 둥, 둥 만이 아니더라

마음 얹어 들으면 물소리로 흘러가고
가슴 열어 들으면 솔바람 소리 나고
가끔은 숨을 모아서 우레로도 치더라.

시국선언詩國宣言

시 나라의 주인은 시인이 아니다
시 나라의 주인은 눈 시퍼런 독자다
독자를 무시한 시인 반성하라 반성하라

무당은 굿을 하고 시인은 시를 쓴다
시에도 무어巫語 있고 무어에도 시 있지만
시인과 무당의 말을 구별하라 구별하라

독자와 시인은 시가 두 손 잡아준다
강 있고 산 있어야 강산 되지 않겠느냐
생각이 좀 다르다 해도 소통하라 소통하라

주린 배 채우려고 시 읽는 게 아니다
시려도 너무 시린 가슴이 아려서다
저녁이 그리운 독자를 기억하라 기억하라.

시 읽고 취해?

장맛비가 내렸다 게으름 피기 딱 좋게
작업실에 틀어박혀 담배만 죽이다가
그래도 복날인데 싶어 아내에게 전화한다

복날인데 삼계탕 같이 먹자 했더니
나 지금 언니랑 점심 먹고 있는데
제기랄, 안 쓰던 신경 좀 써보려 했더니

집구석에 처박혀 있을 전업시인 생각나서
전화해서 삼계탕, 어떠냐고 했더니
귀찮다 투덜대지만 목소리는 밝았다

시를 두 편 썼다며 상 위에 올려놓는
미워할 수 없는 놈에게 술잔을 건네면서
네 시가 이 소주처럼 날 취하게 하려나

제집으로 돌아가고 나 또한 돌아오는 길
소주를 마시면 이리 취하기도 하는데
시 읽고 음주단속에 걸렸단 놈 못 봤으니

소주가 붉혀내는 낯짝을 쳐들고
절대로 소주에 취한 것이 아니라
시 읽고 취해버렸다 고함치고 싶었다.

3

그리움을 던지다

호미로 그은 밑줄

한평생 흙 읽으며 사셨던 울 어머니
계절의 책장을 땀 묻혀 넘기면서
호미로 밑줄을 긋고 방점 꾹, 꾹 찍으셨다

꼿꼿하던 허리가 몇 번이나 꺾여도
떨어질 수 없어서 팽개칠 수 없어서
어머닌 그냥 그대로 호미가 되셨다.

맷돌

내 어머니 내게 남긴 어처구니없는 맷돌
뜰 앞에 옮겨놓고 들며날며 바라보면

— 사는 기 다 그렇다 야야
그런 말씀 갈린다.

달무덤

음 3월 열엿새 달
투명한 무덤이다

사변 통에 죄도 없이 떼죽음 당해버린

우리네 아버지들의 허연 뼈가
뒤엉킨…

우체국을 지나며

살아가며 꼭 한번은 만나고 싶은 사람
우연히 정말 우연히 만날 수 있다면
가을날 우체국 근처 그쯤이면 좋겠다

누군가를 그리워하기엔 우체국 앞 만한 곳 없다
우체통이 보이면 그냥 소식 궁금하고
써놓은 편지 없어도 우표를 사고 싶다

그대가 그립다고, 그립다고 그립다고
우체통 앞에 서서 부르고 또 부르면
그 사람 사는 곳까지 전해질 것만 같고

길 건너 빌딩 앞 플라타너스 이파리는
언젠가 내게로 왔던 해 묵은 엽서 한 장
그 사연 먼 길 돌아와 발끝에 버석거린다

물 다든 가로수 이파리처럼 나 세상에 붙어
잔바람에 간당대며 매달려 있지만
그래도 그리움 없이야 어이 살 수 있으랴.

어두워지고 싶다

편지를 쓰고 싶은 그런 밤이 더러 있다
굳이 받을 사람이 따로 있지 않아도
무언가 해야 할 말에 가슴 앓는 그런 밤

뭘 하며 살았냐고 물어놓고 오늘은
대답 듣지 않아도 조금도 섭섭지 않은
덤덤한 얼굴빛 하나 어둠 속에 떠올리며

가까이가 아니라 멀리 있어 더 그리운
그런 사람 있어서 그런 누가 있어서
그 맘에 파고들어서 어두워지고 싶어라.

어떤 역설

틈도 없이 붙어 있어
그대를 잃었습니다

짬도 없이 같이 있어
그대를 잊었습니다

그대를
찾기 위해서
그대 곁을 떠납니다.

그리움 한 개비

창턱에 놓인 난초 긴 잎이 흔들립니다
바람 불면 궁금해지는
사람 하나 있어서
나는 또
턱 괴고 앉아
담배를 피웁니다

허공에 가물가물 번지는 담배 연기
창틈을 빠져나가
허공에 흩어져도
그 사람
모를 테지요
그리움의 연기인 걸

그리움을 그리움에게
묻는 것도 이력이 나
흔들리는 난초 이파리
그 끝을 가만 잡고
차라리
몰라서 좋다
담뱃불 비벼 끕니다.

불자동차

맑은 불빛 따라
내 마음 흘러 흘러
신호도 받지 않고
그댈 향해 달리노니

어됬니?
브레이크가
브레이크
어됬니?

봄날, 제주에선

봄날, 제주에선 노란 옷을 입으세요

행여
그대
유채밭에 발을 들이면

어디서
눈 먼 나비가
날아올 줄 모르잖아요

그렇게 그리하여
나비 날아오거든

어 ― 허
어 ― 허
멋쩍은 척 하다가

꽃술에
툭 건들리면
봄이 깊지 않겠어요.

청라언덕에서

담쟁이 푸른 담쟁이, 그를 닮아 살고 싶다면
너무 큰 꿈인가요
분수 넘는 욕심인가요
아무리 그렇다 해도 그가 마냥 좋습니다

봄날 저 여린 싹이 푸름을 가득 물고
언덕 푸르게
감싸 안고 있는데
나는 왜, 그 누군가를 안아주지 못하나요

저 담쟁이 색깔쯤 그 나이에 헤어진 동무
아지랑이 피는 봄날
청라언덕 올라서
그리운 노래 부르며 기다리고 싶습니다.

돌꽃

아랑각 처마 끝쯤 돌꽃 소복 피었다
어찌 보면 국화 같고 어찌 보면 장미 같은
흰나비 흰나비가 된 아랑이 예오나 보다

대숲을 건너서 남천강 건너서
그 어딘가 한 번쯤 나들이 다녀오며
이쯤서 날개를 접고 잠시 쉬고 가나 보다

아랑의 짧은 생 하늘도 무심치 않아
백 년 지나 꽃이 피는 대나무 둘러 세우고
천 년을 더 흐를 강을 그 곁에 흘리나 보다

하필이면 아랑 곁에 돌꽃이 피는 것도
향내야 없다 해도 오래오래 피어서
흰나비 아지랑이로 춤추게 하려나 보다.

단산지 丹山池*

누군가가 보고프면 단산지로 오세요
일렁이는 못물 위로 눈 맡기고 있으면
거짓말 거짓말처럼 그가 불쑥 나타나요

외롭다는 생각 들면 단산지로 오세요
둥그런 둘레 길을 둘레둘레 걷다보면
다람쥐 따라다니며 그 외로움 다 물어가요

슬픔이 밀려오면 단산지로 오세요
예 와서 주먹 한번 쥐었다 쫘악 펴면
단산지 못물이 금방 출렁출렁 막아줘요

꿈을 꿀 수 없다면 단산지로 오세요
수천수만 나비들의 날갯짓을 보다보면*
곱고도 벅찬 꿈으로 날고 싶어질 거예요.

* 붉은 흙이 나와서 붙여진 단산에 있는 저수지.
* 단산지엔 나비 생태 학습관이 있음.

그 여자 · 3

꽤 오랫동안 보이지 않는다 그 여자
4층 옥상 올라와 담배 맛있게 피던
금연의 거센 바람이 그녀에게도 불었나 보다

사무실에서 쫓겨나 창가에 기대서서
짜릿하게 흡연하며 느긋이 즐기던 황홀
그와 난 서로 몰라도 같은 병을 앓았는데…

7층 창가에서 담배를 피워 물면
그 여자 안부가 왜 이리 궁금해지는지
괜스레 허전해져서 연기 깊이 들이킨다.

그 여자 · 4

복도를 쓸거나 계단을 닦을 때도
가끔씩 폐지 한 아름 안고 갈 때도
눌러 쓴 모자 때문에 얼굴 뵈지 않는다

끝내 삭이지 못한 삶의 구차함이
모자 눌러 쓴다 해도 가려지지 않는데
아마도 다른 방도를 찾지 못했나 보다

화장실 변기에다 빠뜨리고 몰랐던
내 지갑 주워들고 황급히 따라와서
수줍게 내밀고서는 휑하니 사라지던…

챙이 긴 모자 깊이 자존을 구겨 넣고
가난의 언덕을 꿋꿋하게 넘어가는
깡마른 어깨 너머로 당당함이 넘친다.

그 여자 · 5

아반떼 차를 몰고 어디론가 가는 여자
보이잖는 행복을 뚜렷하게 보여준다
서너 살 계집아이와 마주보고 노래하는…

그 가사 어떤 것인지 들리지는 않지만
저리 맑은 웃음 속에 섞어내는 노래라면
행복을 노래하지 않아도 행복으로 들리겠다

신호가 바뀌길 기다리는 그 시간에
엄마와 아기가 입을 모아 부르는 노래
행복이 물상物像이라면 저 아니고 무엇이랴.

그 여자 · 6

푸른 방송 주차장에 차 세우고 내리다가
티코를 타고 앉아 책 읽는 여잘 본다
얼굴은 뵈지 않지만 그냥 마냥 곱겠다

방해될까 똑바로 바라볼 수 없어서
몇 발자국 걸어 나와 다시 한 번 쳐다봐도
그 여자 책 속에 빠져 고개 들지 않는다

무슨 책을 읽을까? 궁금증을 뒤적이며
붉게 물들어가는 서쪽 하늘 배경으로
멀찍이 물러나 서서 지켜주고 싶어라.

그 여자 · 7

돌산읍 죽포리 갓김치집 그 여자
열 통이나 주문 받고 얼씨구 신이 났다
갓김치 포장 솜씨가 그야말로 예술이다

저렇게 신이 나서 놀려대는 손바람은
갓 줄기 씻을 때부터 쌓아온 걱정거릴
한 풀듯 푸는 것이다 저리 환히 웃으며…

내 언제 저런 표정 지어본 적 있었던가
기쁨이 바이러스라면 나도 빨리 감염되어
그가 싼 갓김치 통을 빙빙 돌리고 싶다.

이사한 줄 모르고

잘 지내냐? 안부 한번 묻기가 어려워라

그립다 말만 하면 아름답기 그지없지만, 진정 그리운 한 사람 가슴에다 품어봐라 그래도 아름다우면 그리움이 아니어라. 스마트폰 들고 앉아 커서처럼 껌뻑대다 문자로 카톡으로 또 가끔 전화로도 네 마음 주소지를 옮긴 지도 모르고

— 난 원래 그랬었잖아
덜 떨어진 그대로야.

4
자연을 듣다

숲을 읽다

뒷짐 지고 천천히 수런대는 숲에 든다
있어도 없는 듯, 없는 듯 또 이어지는
굽은 길 그 굽이마다 설렘이 넘쳐난다

이 숲의 글자는 초록 잉크 흘림체
옹졸한 논리로는 풀어내지 못하고
다 열린 가슴이라야 알아차릴 짜임이다

가로로 내리 긋고, 세로로 펼쳐놓은
상형의 글자 속을 난 자꾸 헤매는데
멧새는 쪼르르 와서 금방 읽고 날아간다

햇살이 보다 못해 밑줄까지 그어주며
여길 봐라, 여길 봐라 채근하고 있지만
외마디 감탄사 밖을 넘어서지 못하고…

감나무에 대한 기억

감나무, 감나무, 떠나온 집 늙은 감나무
할배 같고 아비 같이 푸근하고 넉넉했지
잎 피워 그늘 내리고 꽃 피우고 감을 달던,
감꽃이 필 무렵엔 소쩍새가 울었지
이 산 소쩍 저 산 소쩍 골골마다 소쩍소쩍
소쩍새 울어 떨군 꽃, 그 꽃 주워 먹었지
비바람 이기느라, 버티느라 악을 쓰던
오기로 속살 채운 풋감의 막무가내
사는 건 그런 거라고 요량 없이 믿었지
너른 잎 떨어져서 '할 말 많다' 버석댈 때
청명한 하늘이고 뉘우치듯 익던 홍시
한세월 삭히고 삭힌 체념으로 읽었지
떨구고 버리고 다 주고 난 겨울날엔
하늘을 생채기 내는 무수한 잔가지들
눈물로 건너야 하는 그 길인 걸 알았지.

복사꽃 앞에 서면

바람 알궂게 불어 술렁대는 산기슭에
복사꽃 여기 피고
복사꽃 저기 핀다
좋구나! 정말 좋구나! 그 말밖에 더 없어라

이 들뜬 가슴을 찍어낼 말 한마디
이 밖에 없단 말가
없단 말가, 이 밖에
밥 굶는 가난 아니라도 충분히도 서럽다

서러운 게 또 어찌 말 가난 그 뿐이랴
복사꽃 앞에 서면
복사꽃 앞에 서면
꽃술을 흔들고 가는 바람 자꾸 부는데

가을 구상화

가을이 깊어가는 하늘 보면 압니다
맑아서 높아지고 높아져서 푸른 것을
가을은 하늘 바라며 맑아지는 계절입니다

가을이 깊어가는 들판에선 보입니다
고개 들고 익는 열매 어디에도 없음이
가을은 고개를 숙여 익어가는 계절입니다

가을이 깊어가는 그런 밤에 들립니다
차곡차곡 적막 쌓는 귀뚜리 울음소리
가을은 울지 않아도 눈물 나는 계절입니다

가을이 깊어가는 나이쯤엔 느낍니다
'덧없다' 는 낱말로 요약되는 우리네 삶
가을은 덧없음에 덧없음을 포개는 계절입니다.

외돌개 앞에서

살면서 외롭다고 소리치고 싶은 날이
하루 이틀 사흘 나흘 그뿐 아니었는데
외돌개 그 앞에 서면 그 생각 참 하찮다

제주 올레 7코스 우뚝 선 외돌개
혼자라 더 빛나고 혼자라 더 장엄하나니
그 누가 홀로 있음을 외롬이라 했던가.

대〔竹〕

대나무는 대나무는 혼자 크지 않는다
백 년도 더 가야 할
멀고 먼 그 길을
외롭게 가지 않으려
숲을 이뤄 함께 간다
대나무는 대나무는
내달리지 않는다
옆도 슬쩍 돌아보며
비우고 매듭짓고
가지도 아껴치면서 느릿느릿 걷는다.

꽃댕강나무

댕강댕강 꽃댕강나무 위태위태 그 이름
늦봄, 온 여름에 초가을 넘기고도
꽃피워 댕강거리며 즐기누나 곡예를…

떨어질 듯 매달리고 떨어질 듯 매달리며
바람, 그만 지쳐 비켜 불게 해 놓고
시치미 뚝 떼고 서서
댕강댕강
또
댕강.

참꽃

진달래를 참꽃으로 부르는 이는 안다
산과 들 들과 산의 푸나무 잎과 꽃이
우리네 시린 목숨의 씨줄이고 날줄인 걸

진달래를 참꽃으로 부르면 눈물 난다
참꽃은 꽃이 아닌 서러운 먹거리
입술이 시퍼렇도록 씹을 수밖에 없던,

진달래를 참꽃으로 부르면 생각난다
지아비 울퉁불퉁 나뭇짐에 얹어 와서
우물가 장독대 위로 툭 던지던 참사랑

먼나무

멀리서 바라봐야 멋있게 보인다
멀리서 봐 달라고 먼나무가 되었을까
나무가 하는 생각을 사람들이 몰랐을까

잎보다 꽃보다도 열매가 더 고운 것은
겨우내 배가 고픈 새를 불러 먹이 되고
먼 곳이 그리운 심사 붉게붉게 태우는 것

네 꿈만큼 그만큼 나도 그리 가고 싶다
가고 싶은 그곳이 내 사는 곳 같을지라도
멀어서 아름다운 땅 새가 되어 날고 싶다.

돈나무

아무래도 무슨 사연 깊이 담긴 이름이리
나무엔 돈 닮은 것 어디에도 없으니
아니면 돌아버렸다는 그런 뜻을 가진 건가

알고 보니 '똥낭' 이란 원래의 이름을
일본인이 잘못 들어 '돈' 이 됐다 하는데
이 땅의 나무 이름에도 식민의 고통 있다

돈나무의 이름에 관심이 쏠린 것은
아니라고 말하지만 '돈' 하면 신경 쓰는
잠재된 생각 한쪽이 삐죽 솟은 때문이리.

새도 겨드랑이 긁는다

해질 무렵 한실골을 하릴없어 걷는다
가다가 벤치 앉아 무심코 고갤 드니
고압선 전깃줄 위에 새 한 마리 앉았다

이름을 알 수 없는 그냥 그런 새 한 마리
먼 길 가다 높이 앉아 쉬다 가려 하는지
죽지를 쭈욱 펴더니 겨드랑이 긁는다

이쪽저쪽 겨드랑이 두어 번씩 긁더니
제 짝 찾아 가는지 제 집 찾아 가는지
후두둑 날개를 펴고 산허리 획 돌아간다

그래 그렇구나, 살아있는 온갖 것들
걷거나 날거나 사는 법은 달라도
가려워 긁어야 하는 겨드랑인 있는 거다.

달개비

달개비 달개비 닭을 닮은 달개비
달개비 달개비 이어서 부르면
달개빈 닭의 아비 된다
닭의 아비
닭 아비

물 한 모금 마시고 하늘 보던 닭들이
그 빛을 물어내려 꽃으로 피워놓고
하늘엔 닿을 수 없어
그 언저릴
서성인다

눈물이 묻어날까 손도 차마 댈 수 없는
달개비 달개비 하늘빛 그 꽃잎에
외로운 추억 한 갈피
멍들듯이 스몄다.

매미에게

7년, 땅속 살이 그리도 서럽더냐
아니면 해야 할 말 그리도 많았더냐
어떻게 울기만 하다 쉬이 가고 마느냐?

울고 또 울어서 속을 다 비웠느냐
맴맴, 맴맴으로 너만큼은 울어야
그 말간 둥지 하나를 꾸릴 수가 있느냐?

처음부터 너는 정말 맴맴으로 울었느냐
마음, 마음 하다가 맴맴 된 건 아니니,
사람이 비워야 할 게 마음 말고 또 있느냐?

너처럼 그렇게 대놓고 울 수도 없어
울음을 웃음으로 바꿔 울며 사는데
울어도 풀리지 않는 그런 일은 어쩌나?

시인의 계절

봄에 쓴 시에는 풀물이 묻어 있어요
가난에도 빛 들이고 배고파도 꿈꾸게 하는
청보리 들판을 질러 봄바람이 불었거든요

여름에 쓴 시에는 치기만 가득했어요
비비추 이름 비비고 눈 비비고 손 비볐어도
태울 것 태우지 못한, 분노 여태 들끓었거든요

가을에 쓴 시에는 얼룩 단풍 져있어요
푸르지도 못하고 다 붉지도 못해서
벙어리 뻐꾸기처럼 큼, 큼하다 말았거든요

겨울에 쓴 시에는 후회가 소복할 거예요
낱말로 세상 덮을 눈 같은 시 한 편을
턱없이 꿈만 꾸다가 덜컥 겨울 맞았거든요.

수박

'쩍' 이다, 수박은

'쩍쩍' 입맛이다. 칼 대면

'쩍' 하고 벌겋게 나자빠져, 입맛을

'쩍쩍' 다시는

'쩍' 에

'쩍쩍' 물린다.

가을바람에게

가을바람 가을 심술 가을바람 가을 심술

산을 슬쩍 넘어서 가을 훌쩍 건너서 오다가 한 번쯤은 뒤돌아도 보면서, 푸른 잎사귀들 슬쩍 희롱하고 뒤로 오는 바람에게 물들이라 해놓고 어디 가 딴전 피다 휘익 돌아와서는 물든 이파리들 그냥 두지 못하고 가지째 마구 흔들고 흔들고 흔들어대니 내가 그만 흔들리고 마는데,

가을아
가을바람아
어쩌자고 이러냐.

저녁 산

모든 것을 끌어안는다 주저도 남김도 없이
천천히 깊어가면서 안으로만 채운다
조금도 드러내지 않는다
크게 꽉 찬
깊이를

같은데 다르다?

젊어선 넘어지지만 늙어서는 쓰러진다. 넘어지면 일어나도 쓰러지면 못 일어나 사는 건 넘어지다가 쓰러지는 것이다

사는 건 넘어지다가 쓰러지는 것이다. 넘어지면 일어나도 쓰러지면 못 일어나 젊어선 넘어지지만 늙어서는 쓰러진다.

5

삶을 만지다

평사휴게소에서 라면을 먹다

나는 지금 철 지난 바다로 가고 있다
어디로든 떠날 땐 마음이 먼저 설쳐
서둘다 놓친 아침을 라면으로 때운다

꾸불꾸불 라면 가닥 내 걸어온 길 같다
국물 맛은 아무래도 굽이에서 풀린 것일 터
내 거친 발자국들엔 어떤 맛 스몄을까

바다는 추령재 넘어 파도로 서 있었다
저 물이 짠 것은 또 부서지며 든 것일 터
온전히 부서지지 못해도 드는 맛이 있을까

철썩철썩 파도소리 옷깃 잡고 따라와서
네 맛은 어떠냐고 묻고 또 묻는데
뒤통수 긁적이면서 잠든 척 하고 있다.

비 오는 날의 신문

비 오는 날에는 신문도 옷을 입는다
속살 얼비치는 반투명의 원피스를
누군가 그 안에 서서 '나라 사랑' 소리친다

아, 글쎄 걸친 옷 쫘악 벗길라치면
잡은 손 밀치는 듯 완강하게 버틴다
비쯤은 맞아도 좋을 그 얼굴은 웃고 있고,

벗겨보면 흠집이 난 몸뚱어리 그 중에서
유독 입만 살아서 목소리가 높지만
질려서 다음 장 넘긴다, 손까지 떨면서

옷 입고 찾아와도 사건은 젖어있다
젖을 대로 젖어 썩고, 썩어서 문드러져
벗긴 옷 둘둘 말아서 내동댕이치고 만다.

혼자 먹는 돼지국밥

호텔 사우나에서 품위 있게 샤워하고
점심도 저녁도 아닌 어중간한 끼니로
시장로 골목 끝집의 돼지국밥 혼자 먹는다

할매집 아줌마가 조심조심 내다놓은
부글부글 국그릇에 둥둥 뜬 비계 덩이
씹어도 씹힐 것 없는 가벼운 내 삶 같다

싱거운 국 맛은 소금으로 간 맞추고
희뿌연 국물에는 다진 양념 풀면 되지만
이 시린 가슴을 덥힐 그 무엇은 어디 있나

수저 놓듯 그렇게 쉬 놓지 못할 생이라서
혼자라도 후루룩 꿀꺽꿀꺽 삼켰지만
쓸쓸한 생각 하나는 덥힐 수가 없어라.

산책길에서

장마 잠시 그친 사이 산길을 걷는다
밟히는 흙은 이내 발바닥에 순한데
푸드덕 꿩 한 마리가 내게 놀라 날고 만다
먹이를 찾았을까, 짝짓기를 노렸을까
나처럼 정신 놓고 어딜 가던 길이었을까
그 곁에 낮은 풀들도 온몸을 흔들었다

살아오며 이런 일도 없지는 않았을 터
무심히 걸었다 해도 누구에게 상처 됐을
그런 길 걷지 않았을까 걷지는 않았을까
생생하고 뚜렷하게 떠오르는 일 없어도
내리막길 내려오며 자꾸만 헛디딜 것 같아
발자국 소리 낮추며 발가락을 오므린다.

걷다

내 걸어서 가 닿을 곳
길의 끝이 아니다

걷고
걷고 또
걷고 다시 또
걷다보면

고달픈
사랑의 길이
뚫리리라 믿는 거다.

욕 권하는 주소*

지번 주소가 도로 명으로 바뀌고 나서부터
우리 집 주솔 물으면 난 욕할 수밖에 없다
대구시 동구 능성1길
18
우리 집의 주소다

욕할 게 많은 세상 끙끙 참고 사는데
주소만 물어주면 욕해도 괜찮으니
살면서 이만한 복도
흔하지는 않은 게지

주소를 확인하는 관공서 아가씨는
능성1길 일팔, 또는
열여덟, 하는데
이 주소 아니었다면
이 맛을 어디서 보랴.

* 현진건 소설 '술 권하는 사회' 패러디

가을 질문

가을이 내게 와서
몹쓸 가을이 내게 와서
자꾸자꾸 묻는다
쫓아오며 묻는다
왜 사냐?
비아냥거리며
따지듯이 묻는다

대답할 수 없어서 걸음만 재촉한다
바로 가면 단풍나무 돌아가면 은행나무
불콰한 얼굴 내밀며 나를 막아서누나

내가 읽은 책 속의 그 어느 구석에도
가을아! 없더라 짜장짜장 없더라
내 이제 너를 읽으며 찾으리라, 그 대답.

길은 길을 알고 있다

묻지 마라 그대여 어디로 가야 하느냐고
그냥 걷다 보면 갈 길이 보이리니
세상을 다 알고 가는 이는 어디에도 없나니
길을 믿고 길을 따라 천천히 가다 보면
네 궁금증 눈치챈 길섶의 푸나무가
나직이 아주 나직이 대답해 주리라
길에다 눈을 주고 길에다 귀를 맡기면
불안도 두려움도 온통 푸른 물이 들어
그대가 궁금해하던 길에 꽃들이 필지니.

객려客旅

낱말이 산에 가면
푸른푸른 잎이 되고

말씀이 바다 가면
출렁출렁 파도 되고

사람이 여행을 가면
머흘머흘 구름 되고

산과 절

팔공산은 동화사를
살갑게 안고 있고

동화사는 팔공산을
너끈하게 업고 있다

아미타
어떻게 살아야
저 산 저 절
닮나요.

어이쿠

공원 벤치 장삼이사 그들 얘기 듣고 말았다

"노령 연금 20만 원 할마시가 안 줘요."

어이쿠!

내일※日의 내 일

대책 없다

어이쿠!

어느 가을날

감나무가 떨어뜨린 잎을 모아 태우다가
아내가 끓여주는 진한 커피 한 잔 들고
소나무 아래 앉아서 푸른 바람 맞는다

잠시 놓은 커피잔에 솔잎 하나 떨어진다
소나무가 내려다 보다 장난을 거는 걸까
아니면 커피 맛에다 솔향기를 섞는 걸까

몇 발자국 앞에 있는 구절초가 웃으며
장난도 받아주고 솔향기도 즐기란다
아무렴 그러고 말고
그래야지
그래야지

이제 나 먼 길을 헤매지 않을란다
소나무 희롱질에 구절초와 눈 맞추며
낙엽이 어디로 가는지 그 길이나 살필란다.

신탄로가 新歎老歌

- 단암*조 丹巖調

1

가시로도 막대로도 막지 못한 백발을
약으로 막아내랴 수술로 막아내랴
사람이 사람의 일을 어찌할 수 없어라.

2

가을 산 물들인 바람 어제 불고 오늘 없다
단풍 고운 그 속에 잠시라도 숨어들어
해묵은 주름살 펴고 젖어볼까 하노라.

3

흰머리 물들이고 청바지 껴입어서
누구도 눈치채지 못하게 하랴마는
저근덧 감추려 해도 죄가 될 듯 하여라.

* 단암 : 우탁 선생의 호

달무리

갑신년 섣달 열나흘 술시쯤 하늘을
팔공산 기슭의 솔 아래서 바라보니
조금도 구겨지지 않은 달무리가 졌습니다

달무리 속으로 별 몇 개 반짝이는데
하나, 둘 셋, 넷 그쯤을 헤고 나면
별 하나 테두리에 걸려 망설이게 합니다

안으로 헤아릴까, 밖으로 헤아릴까
이리 보면 안이고 저리 보면 밖인데
아 문득 '저 별은 내 별' 노랫말이 떠 웁니다

안은 아니고 그렇다고 밖도 아닌
엉거주춤 내 몰골이 하도나 가여워서
저 달이 '보아라' 하고 불러낸 듯합니다

한 발은 안을 딛고 또 한 발은 밖을 디뎌도
염치없이 몸무게는 안으로 쏠리는데
이제는 억지로라도 밖을 봐야 하겠지요.

폭설 오는 봄밤에

봄밤에 눈 내린다, 그것도 폭설이다
매화는 봉긋봉긋 터질 준비 마쳤는데
그 꽃잎 움츠러든다 꽃의 피가 마른다
매화 곁 소나무는 눈꽃 피워 물어도
오는 봄을 막아서는 그 죄가 작지 않아
눈꽃이 어이 꽃이랴 궤변 하나 붙든다
그래도 봄은 온다 그 믿음을 섬기지만
봄 한 철 오는 길은 어이 이리 멀고 긴가
지난봄 매화 향기가 진했던 뜻 읽힌다
봄밤에 폭설 오는 얄궂은 이런 일을
얼마나 더 겪어야 내 삶의 봄은 오나
한 움큼 푸념을 뭉쳐 던져본다 눈발 속에

아픈 웃음

동창회에서 소주 몇 잔을 주고 또 받다가,

초등학교 다닐 적 그때부터 가슴에 담은
여자 동창생 순영이 그 아이가 정말 좋아
꼭 그를 닮은 여자 우연히 만나게 돼
염치 체면 다 접어두고 스토킹까지 해서
몇 년을 하루 같이 사랑에 빠졌는데
어느 해 동창회서 갈비탕의 뼈를 빨고
국물 후룩 마시는 순영이를 보고 그만
그 여자 잘못한 일 하나도 없었지만
어쩐지 싫어져서 정나미가 떨어져서
냉정하게 헤어졌다는 초로의 권구 얘기

아프게 웃어야 했네
소주 한잔 더 마셨네

천변 학교*

요새 내 다니는 학교는 동화천 생태하천

이 학교는 자율학교 교훈도 내가 정한다
이럴까 저럴까 고민 고민 하다가
동화천의 '천'자 따고 생태 하천 '하'자 따서
'천하통일'로 할까 말까 망설이다
그건 너무 벅차 안 되겠다 싶어서
동화천의 '천'자와 하천의 '천'자 합쳐
'천천히'가 어떨까? 한참 생각해 보니
괜찮다, 참 괜찮다, 정말 괜찮다
징검다리 징검징검 건너갔다 건너올 때
물오리를 만나면 꽥, 소리 내어 보고
흐르는 물소리에 귀를 슬쩍 던져두고

천천히
걷기만 하면
공부 절로 되는 학교.

* 신숭겸 장군 유적지 앞의 하천

허허

새야 미안하다 네 이름을 몰라서,

　나는 지금 네 울음소리 듣고 있는데 그게 울음인지 아닌
지도 몰라, 그런데 우는 건 아닐 것 같아 그 울음소리에 내
귀가 이리 편해지니까 말이다 네가 앉은 그 나무의 이름도
난 몰라, 훌쩍 자라있고 천 가지 만 이파리 청청 흔들리는
데 이름쯤은 알아줘야 할 텐데 말이야. 그 나무를 담고 있
는 흙도 뭔지 몰라 조립토인지 세립토인지 아니면 유기질
토인지, 아는 게 없어, 아는 게 없어

　아는 게
　이리 없어도
　밥을 먹고 살다니.

누구나
누구가
그립다

한국 정형시의 주소를 검색하다
문화국 예술광역시 문학구 시조로 3-6

Ⅰ. 아름다운 주소

한국 정형시는 참 아름다운 주소를 갖고 있다. 문화국 예술광역시 문학구 시조로 3-6이다. 거리의 번호가 얼른 이해 가지 않을 수도 있겠는데, 그것은 시조의 3장 6구를 뜻한다. '구(句)는 음보와 음보가 만나 이루어지는 의미의 묶음 단위다. 두 개의 구가 한 장을 이루고, 세 개의 장이 모여 시조 한 수가 된다. 이것이 바로 시조의 집이다.

문화國은 적어도 두 가지의 조건을 갖추어야 한다. 제 나라 글자가 있어야 하고 제 나라만의 시 형식이 있어야 한다. 참으로 다행히 우리 조국 대한민국은 아름다운 글자 한글을 가졌고, 고유한 시 형식인 '시조'라는 이름의 정형시를 가졌다. 이 두 가지 조건을 갖춘 나라에 사는 사람들은 문화국민이라는 것은 말할 필요가 없다.

예술광역市는 아름다움을 추구하는 도시다. 아름다움을 창조하거나 표현하려는 사람들이 모여 사는 도시다. 이 도시에서는 아름다움이 최고로 가치 있는 것이며, 그것 이외에는 별로 신경을 쓰지 않는 사람들이 살고 있다. 그들은 정치적인 것을 싫어하며 인간은 아름다움을 창조하기 위하여 이 세상에 온 것으로 알고 있다.

문학區는 생각하는 삶을 사는 사람들이 모여 있다. 글을 통하여 인간이 인간답게 사는 길이 어떤 것인가를 물으며 산다. 그 생각의 끝을 문자로 표현하여 나누어 가진다. 그것을 통하여 서로 소통하며 아픈 삶을 달래기도 한다. 또한 한없이 가벼워지고 내달리기만 하는 세상에 추를 달기도 하고 브레이크를 밟으라고 권하기도 한다.

시조路에는 전통을 최고의 가치로 생각하는 사람들이 산다. 그들은 무엇보다도 뿌리를 중히 여긴다. 뿌리 깊은 나무는 쓰러지지 않는다는 사실을 굳게 믿는 사람들이다. 시조가 나무라면 울울창창 고목이다. 수령 700년이 넘는다. 천지千枝가 뻗고 만엽萬葉이 피고 지는 계절 따라 민족의 숨결을 담아왔다.

　　남글 심어두고 뿌리부터 가꾸는 뜻은
　　천지만엽(千枝萬葉)이 이 뿌리로 좇아 인다

하물며 만사근본(萬事根本)을 아니 닦고 어찌하료.

- 두곡 고응척 (1531-1605)

시조는 그 긴 세월 동안 변함없는 형식을 지키고 있다. 이는 형식이 참으로 옹골차다는 말의 다름 아니다. 그런 형식을 가진 것은 자랑스러운 일이 아닐 수 없다. 문화민족만이 가질 수 있는 시의 형식을 가졌다는 것, 그것이 문화국 대한민국의 뿌리고, 그 뿌리는 바로 시조로부터 좇아 인 것이다.

II. 적적한 시조 거리

아름다운 주소를 갖고 사는 시조로時調路의 주민들이 제 주소를 잘 모르는 것 아닌가 하는 걱정이 들 때가 있다. 주소를 제대로 모른다는 것은 매우 안타까운 일이다. 시조 거리만 알고 그 거리 밖은 모르기도 하거니와 관심도 없다고 하면 시조로의 앞날은 시조로에 갇힐 수밖에 없지 않은가. 옆 거리가 어디고, 그 거리가 속한 구는 어디며 또 구가 속한 시는 어디며 그 나라는 어디인가를 그것도 제대로 알아야 하는 것이다.

시조라는 형식으로, 민족의 숨결을 담아온 그릇을 온전히 보존, 보전해가고 있다는 것은 참으로 거룩한 일이다. 그런데 그 보존과 보전에 먹구름이 끼이고 있다. 이대로 가서는 안 될 위기에 처했다. 오래 전부터 시조路 밖을 내다보지 않았기 때문이다. 무슨 정책까지 만들지는 않았겠지만 거리의 문을 닫는 쇄로鎖路 정책

같은 게 있었던 것 아닌가 싶을 정도다. 더 늦기 전에 좀 더 적극적인 관심을 보이지 않으면 큰 일이 생길 판이다. 시조 거리의 사람들이 이에 대한 생각들을 나누어야 한다.

먼저 이런 상황을 상징적으로 보여준다고 생각되는 윤동주 시인의 '길'을 읽으면서 시조가 잃은 것은 무엇이며 찾아야 할 것은 무엇인지 살펴야 한다.

잃어버렸습니다.
무얼 어디다 잃었는지 몰라
두 손이 주머니를 더듬어
길에 나아갑니다.

돌과 돌과 돌이 끝없이 연달아
길은 돌담을 끼고 갑니다.

담은 쇠문을 굳게 닫아
길 우에 긴 그림자를 드리우고
길은 아침에서 저녁으로
저녁에서 아침으로 통했습니다.

돌담을 더듬어 눈물짓다
쳐다보면 하늘은 부끄럽게 푸릅니다.

풀 한 포기 없는 이 길을 걷는 것은

담 저쪽에 내가 남아 있는 까닭이고,

내가 사는 것은, 다만,

잃은 것을 찾는 까닭입니다.

(1941. 9.)

정치가 아닌 예술에서 다수결의 원칙이 적용되어서도 안 되고, 예술의 영역에선 타협이란 거추장스런 일 따위를 하지 않아도 된다. 현재 시조의 거리는 참 적적하다. 이 거리 사람들은 너무나 조용하게 산다. 제일 먼저 해야 할 일은 이 적적한 거리를 좀 북적거리게 만드는 것이다. 어떻게 해야 북적거릴 수 있겠는가?

시조 거리에 사는 사람들이 이 문제를 해결하도록 애써야 한다. 시조 거리 사람들이 다른 거리 사람들을 향해서 전통보다 더 중요한 것이 어디 있느냐, 시조 거리를 좀 북적거리게 해 달라고 애원한다고 해서 해결 될 일이 아니다. 시조 거리 사람들이 해야 할 일을 제대로 해서 그들이 스스로 시조 거리를 찾아오도록 만들어야 한다. 그러기 위해서,

먼저, 시조路 사람들이 바깥을 좀 바라봐야 한다.

시조 거리의 사람들은 밖을 내다보지 않고 그 거리 안에서만 산다. 그래서 그 거리가 세상천지 다인 줄 안다. 그러나 세상은 그렇지 않다. 넓고, 넓고 넓어서 한 사람의 생애로는 다 둘러보지 못한다. 너무 넓어서 애당초 포기하고 마는 것인지 모르지만, 시

조거리 주민들에게 외출 좀 하라고 문화국의 국비 지원이라도 해야 할 상황이다. 나가서 다른 거리가 어떻게 변하고 있는지를 보고 깨달아야 한다.

시조 거리가 붐빌 때 살았던 우리 선조들은 그러지 않았다.

> 재 너머 성 권농 집에 술 익단 말 어제 듣고
> 누운 소 발로 박차 언치 노하 지즐타고
> 아이야 네 권농 계시냐 정좌수 왔다 하여라.
>
> - 정철

이렇게 호기 있게 이웃 거리로 쳐들어갔던 것이다. 재를 넘어서 갔던 것이다. 적적함을 넘어서 시조 거리가 북적거리게 하는 것은 결코 쉬운 일이 아니다. 그러나 아주 불가능한 일도 아니라는 자신을 가져야 한다. 그런 신념을 가지고 북적거리게 하는 일에 매달리면 될 것이다.

시조 거리에 살았던 걸출한 현대 시조시인 이호우는,

"한 민족 국가에는 반드시 그 민족의 호흡인 국민시가 있고 또 있어야만 하리라 믿는다. 나는 그것을 시조에서 찾고 이뤄 보려 해 보았다. 왜냐 하면 국민시는 먼첨 서민적이어야 할 것임에, 그 형이 간결하여 짓기가 쉽고 외우고 전하기가 쉬우며 또한 그 내용이 평명하고 주변적이어야 할 것임으로, 시조의 현대시로서의 성장을 저해하고 있는 정형 즉 단형과 운율적인 비현대성이 국민시형으로서는 도리어 적당한 요소가 될 수 있기 때문이다.

지금까지 많은 선배와 동인들이 이 시조의 국민시화를 위하여 진실로 피나는 노력들을 해 왔었다. 그러나 그것은 어데까지나 재래적인 시조관념의 테둘레 안에서 해결코저 해 왔다고 본다. 그러므로 나는 그와 달리 이의 테둘레 밖에서 해결해 보고저 한 것이다. 이십 유년의 노력도 아직 그 보람을 얻지 못했다. 그러나 나는 비관하지 않는다. 앞으로 유의(有意)한 분들이 반드시 이루어 줄 것을 믿고 있기 때문이다."

- 단기 4288년(1955)에 낸 『이호우시조집』후기에서

라고 밝혔다. 그가 남긴 작품 '길'은 세상에 존재하는 그 모든 것, 미움도 사랑도 다 담아야 하는 시조의 길로 삼아도 좋을 것이다.

이미 한 여인을 잊어도 보았으매
일찍 여러 벗들을 보내기도 하였으매
이제 내 원수로 더불어 울 수조차 있도다

여우도 토끼도 산은 한 품에 안고
비록 더러운 흐름도 바다는 걸웠으라
이제 내 오고 가는 일 묻자 하지 않도다

한번 우러르면 한 가슴 푸른 하늘
밤이면 별을 사귀고 낮이면 해를 믿어

이제 내 홀로의 길도 외다 아니 하도다.

시조 거리의 사람들이 '테둘레 밖'이란 이 말을 새겨들어야 한다. 시조를 떠나서 또 누군가가 말하지 않았던가, "숲속에선 숲을 볼 수 없다."고, 그렇다면 시조 속에선 시조를 볼 수 없다는 말 아닌가. 그럴지도 모른다. 시조의 거리 밖으로 나가 옆의 자유시 거리도 가보고, 한 걸음 더 나아가서 문학구에도 가보고, 예술광역시에도 가 보아야 한다. 그때 시조를 봐야 시조의 본 모습을 알 수 있다. 아니 그래야 시조의 참 모습을 볼 수 있을 것이다.

다음으로, 시조 거리의 내일을 걱정해야 한다.

시조路 주민들은 배짱이 참 두둑한 편이다. 내일을 걱정하지 않는다. 이 거리가 만들어진 지 700년이 되어도 망하지 않는데 몇천 년이 흐른들 망하겠느냐는 생각이다. 정말 그럴까? 그야말로 글쎄다. 지금 그럭저럭 생명을 부지하고 있긴 하지만 그 역사에 비해 온전한 터전을 잡고 있는가 물어 볼 필요가 있다.

세상은 하루가 다르게 변하고 있는데 시조 거리 주민들은 변하면 끝나는 줄 알고 그 변화에 물들까봐 노심초사하고 있다. 세상이 바뀌어도 보통 바뀌는 것 아니다. 분명한 것은 변해도 끝나지 않는다는 것이다. 그 변화를 수용해야 하고 따라가기도 해야 한다. 그래야 군내가 나지 않는다. 갓 쓰고, 도포 입고 살던 시대에서, 갓이 모자로 바뀌고 도포가 양복으로 바뀌어도 사람들은 더 잘(?) 산다.

날로 시조로時調路 주민들이 늘어나고 있는데 무슨 소리냐 할지 모르겠다. 700년 전 거리의 사람 수와 비교해도 그렇게 말할 수 있을까? 좀 새롭게 만들어 보려고 하는 사람들이 생기면 뭇매를 때린다. 시조 거리 망하게 할 놈이라고 욕설도 서슴지 않는다. 심지어는 시조 거리에 살지 말고 자유시 거리로 가라고 윽박지르기도 한다. 사람마다 생각들이 다를 수 있는데 그 다른 것을 틀린 것이라고 고집한다. 그래서는 정말 내일을 기약할 수 없다. 다른 거리 사람들도 잘 알고 있는 시조를 남긴 이은상은 이장 시조를 시도하면서 다음과 같은 말을 남겼다.

이장 시조에 대하여

시조 창작에 있어서 어느 때는 3장의 형식도 깊은 내용을 담기에는 오히려 모자라지마는, 다시 어느 때는 3장도 도리어 긴 때가 있다. 옛 사람들은 이른바 평시조의 3장 형식보다 좀 더 여유 있는 엇시조니 사설시조니 하는 긴 형식을 마련하기도 했었다. 아니 시조 형식의 유래를 만일 고려가사에서 발전해진 것으로 본다면 긴 형식의 것이 줄어지다가 지금 우리가 말하는 보통시조의 3장 형식에까지 와서 그쳐진 것이라고 말할 수 있을지도 모른다. 다만 그러면서도 3장 형식보다 좀 더 짧은 형식을 구상해 보지 못했을 따름이다.

그러므로 우리는 이미 있어온 그 형식에만 만족할 수는 없다. 객관성을 부여할 수 있기만 하면 얼마든지 새로운 형식을 생각해 낼 수도 있는 것이다. 아니 이것은 우리들이 가지고 있는 문화 전통의 개척 발전을 위해서 보다 더 요청되는 일일지도 모른다. 한 걸음 더 내켜서 문화를 개척하고 창조하려는 의욕에서는 마땅히 하지 않으면 안 될 일이라고도 할 수 있는 것이다.

- "노산시조집", 삼중당문고 221, 1976, 202~203쪽

그리고 이장 시조 몇 편을 발표했다. 그 중 한 작품을 읽어 본다.

입 다문 꽃봉오리

입 다문 꽃봉오리
무슨 말씀 지니신고

피어나 빈 것일진대
다문 대로 겝소서.
(1931.11.7.)

나는 이 발언을 전적으로 지지한다. 시조 형식의 다양한 활용을
실험하고 실험하여 그 활로를 개척해야 한다. 형식 실험은 시조
의 형식을 아주 버리자는 것이 아니다. 시조의 전통성과 고유성
을 최대한으로 살리면서 시조의 영토를 넓히자는 것이다. 언제까
지나 이대로 지속될 것이란 생각은 이제 분명 버릴 때가 되었다.
내일을 준비해야 한다. 내일에 입을 옷을 지어보기도 해야 한다.
내일의 시조 거리에 사람들이 북적대게 하려면…

Ⅲ. 시조 영토 넓히기

　시조 거리 사람들이 밖을 내다보지 않으니 시조 거리가 적적할 수밖에 없었고, 거리에 사람들이 오지 않으니 내일을 걱정하지 않을 수 없다. 시조의 영토를 넓히기 위해서는 앞에서 지적한 적적한 거리를 하루 빨리 북적거리게 해야 한다. 시조 거리 사람들이 바깥출입을 많이 하고, 다른 거리에 가서 보고 들은 것들을 통하여 시조라는 그릇에 무엇을 담아야 할 것인가를 깨달아야 한다.

　전통의 그릇에 전통만 담아서는 안 된다. 꼭 담아야 할 전통이 있다면 굳이 피할 일은 아니지만 전통보다는 이 시대를 담아야 한다. 지금 이 시대, 지나간 것이 아니라 존재하고 있는 지금과 우리의 상상을 쏟아내 내일을 꿈꿀 수 있게 해야 한다. 그래야 동료가 생긴다. 동료가 생겨야 거리가 북적거리게 된다. 동료가 무엇인가, 같은 꿈을 꾸는 사람들이다. 동료가 많아진다는 건 결국 시조의 영토가 넓어진다는 것이다. 시조 거리의 사람들이 시조 거리의 북적거림을 위해 유동流東 이우종 시인의 '길'을 읽으며 맨발로 좀 걸어가야 할 것 같다.

　　　오늘을 산다 해도 어차피 갈 거라면
　　　눈 감고 하루쯤은 주정꾼이 되었다가
　　　이승도 저승이 아닌 그런 길로 들까 보다.

　　　등 굽은 나는 지금 어디쯤에 와 있을까
　　　그 좁은 골목길로 굴렁쇠를 굴리다가

125

발목이 자주 빠지는 늪 속에서 헤맸으니

투정도 시가 되던 고향 길로 접어들자
그 많은 외로움을 장죽으로 다스리며
비어서 정작 가득히 넘치시던 할머니

사는 걸 산다는 걸 조금은 알았기에
헌신도 댓돌 위에 동그마니 올려놓고
저만큼 남은 그 길을 맨발로나 걷는 거다.

시조의 내일을 걱정한다면 시조를 어떻게 구워야 하는지를 고민하게 될 것이다. 시조 거리를 북적거리게 하는 일은 시조를 맛있게 빚는 일에서 비롯되어야 한다. 거리에 사람을 불러 모으려면 맛있는 게 있어야 하고 재미있는 게 있어야 한다. 맛있게 재밌게 시조를 구워야 한다. 시조가 맛있고 재미있으면 오지 말라고 해도 사람들이 몰려 올 것이다. 한 번 왔던 사람이 오지 않았던 사람 데리고 또 올 것이다.

시조로의 주민들이여! 이제 자유시로自由詩路에 가서 친구를 만들어 그들과 어깨를 걸고 문학구로 가자. 그리고 아름다움이 넘쳐나는 예술광역시로 진입하여 언어 예술인 시가 예술의 어머니라고 당당히 주장하자. 그리고 그 어느 나라를 향해 해바라기 하지 않고도 꿋꿋이 설 수 있는 교양 있고 자랑스러운 국민이 되자.

시조의 영토는 몇 제곱킬로미터라는 단위로는 절대로 근접할 수 없다. 3장 6구라는 영토를, 홑장 2구나, 이장 4구, 4장 8구, 이미 실험된 중형이나 장형 등으로 형식을 늘이기도 하고 줄이기도 하면서 다양하게 활용하면 시대 흐름에 맞는 세상을 다 담을 수 있을 것이다. 형식의 창조적 활용은 시조의 영토를 넓히는 최대의 무기다. 생각하는 삶이, 꿈꾸는 삶이 있는 한 무궁무궁 넓어지기만 하는 영토가 시조의 영토다.

사랑을 노래한 황진이의 시조를 보자. 그 누가 그 어떤 형식으로 서리서리 넣었다가 굽이굽이 펼치는 사랑의 영토를 이 보다 더 넓게 펼쳐낼 수 있겠는가? 시조의 영토도 그렇다. 서리서리 넣어서 줄일 수 있고, 굽이굽이 펼쳐서 늘일 수 있는 그런 영토다.

동짓달 기나긴 밤을 한 허리를 버혀내어
춘풍 이불 아래 서리서리 넣었다가
어른님 오신날 밤이어든 굽이굽이 펴리라.

덧붙이는 말 ——

필자는 세 분 시인들의 이름으로 주어지는 문학상을 받았다. 윤동주, 이호우, 이우종, 이분들이다. 이 시론을 쓰면서 이분들이 남긴 작품을 통해서 시조가 처한 상황과 나아갈 길을 연결해 보고 싶었다. 공교롭게도 세 분 모두 '길'이란 똑 같은 제목의 시가 있었다.